U0104140

岫安吟稿
第一集
林隆達題

岫安吟稿目錄

五言絕句

七言絕句

五言律詩

七言律詩

聯語

詩鐘

與楊君潛老師合照

與涂璨琳老師合照

四代同堂照

作者與父母、兄弟姊妹全家福照

作者全家福照

外子莊和男先生

兒子莊曜遠代表其父親莊和男先生領取教育部頒發全國終身學習楷模獎

兒子莊曜遠全家福

女兒莊斐雯全家福

作者赴法國推廣漢字教學

作者赴美國推廣漢字教學

作者照片

岫安吟稿序

使文姬、清照，搦彤管而未嫺書畫；道昇、采蘋，擅丹青而不遑競病。其有詩賡白雪，聲清而協鸞歌；響遏青雲，韻雅而和鳳律。書法鍾王，畫宗董巨。爾乃琉璃硯匣，終日隨身；翡翠筆牀，無時離手。吾聞其語，未見其人。

林雲英女史，稟彰化八卦山間氣以生。天資高曠，幽思玄邈。感物興懷，超軼塵外。詠絮之名，享譽垂髫；頌椒之才，傳頌豆蔻。顏筋柳骨，逼肖前修；鐵畫銀鉤，推崇宿老。繪畫山水，則擬化工而迥巧；染翰花鳥，則奪春豔以爭輝。梁孟相莊，桂蘭挺秀，世僉歆羨。不圖變生肘腋，歲厄龍蛇。考喪血淚未乾，夫亡柔腸欲斷。溫馨幻滅於一瞬，豫樂寢息乎剎那。雙重打擊，痛不欲生。逃禪禮佛，冀求懸解。於是，化悲憤、振坤維。盡瘁書畫，邃究詩詞。五載於茲，成詩百首，詩鐘五百副，聯語三十對。裒爲一集，顏之曰：「岫安吟稿」云。

鍾嶸《詩品》有曰：「從李都尉迄班婕妤，有婦人焉，一人而已。」顧我臺

陽，自設治以還，閨秀之翕習詞章，亦蔚然成風。李如月、王香禪、李德和及黃金川等，是其尤者。然彼特如爝火耳，烏足以庚明月之餘光？岫安則不然，其天分既高，學殖亦富。句不加點，自除五俗；詩不妄爲，人驚無斁。指事造形，窮情寫物，幹之以風力，潤之以丹采，斐然成章。欲令味之者而不動心，其可得耶？方今淄澠並泛，朱紫相奪。瓦釜喧豗，黃呂闃寂，謂其爲嚮嗣風騷，未嘗不可。馴而與日月爭光，長留於天地之間，是可預而知也。

比聞斯集即將付梓，作者懃懃懇懇，乞爲之序。余非卜商，豈知詩也哉？無奈盛情難卻，勉綴數言，以弁其端。第念才學謭陋，殊不足以盡其美也。代匱貧乏，甯無愧焉！

柳園 楊君潛 謹識

歲次乙未（二〇一五）巧月於停雲閣寓所

林雲英（CHUANG LIN YUN YING）

臺灣彰化人，字岫安，號錦嬋。和廬書苑主人。

大學畢業，北京師範大學書法專業碩研班結業。

目前以太極拳運動、繪畫、詩詞創作及書法來充實人生。

作品曾在香港、澳門、中國、韓國、泰國、日本、美國和臺灣等地展出並獲獎多次。及美術館、中正紀念堂等收藏。

每年固定參加展覽，及從事公益活動。

出版：林雲英山水花鳥畫集

現任：北京師範大學書法專業碩研班臺灣校友會榮譽理事長

中華民國書法教育學會評議委員暨

臺北市中小學書法教育師資培育研習班班主任

中國書法學會諮詢委員
臺北中華書畫藝術學會顧問
兩岸和平文化藝術聯盟會副會長
山癡畫會副會長
中華民國書學會常務理事
臺灣美術協會常務監事
中華民國古典詩研究社理事兼編輯委員
大漢詩詞研究社秘書長
中華民國詩學研究會會員

曾任：香港海峽兩岸文化藝術交流協會副會長
齊齊哈爾大學客座教授
北京師範大學書法專業碩研班臺灣校友會創會會長及首任理事長
中華民國書法教育學會副理事長暨臺北市中小學書法教育師資培育研習

班班主任
臺北市中華兒童書法教育推展協會副理事長
中華九九書畫會監事主席
國立斗六高中第十一屆傑出校友

經歷摘要

二〇〇三、二〇〇四年　獲日本亞細亞水墨畫交流展日本中國水墨畫協會大賞及優選

二〇〇四年　獲奧運紀念盃書畫藝文臺灣邀請賽亞洲金牌

二〇〇五年　獲GOLDEN AWARD OF US AOA `05 二〇〇五 Diversity Summit & 1st US Art Olympic Expo at Houston in USA（金牌獎）
獲亞太國際墨彩畫展第一名
獲日本全日展特優獎

二〇〇六年　北京國際名家藝術展中國繪畫銀獎

獲眞諦第三回太陽國際書畫展眞太陽準大賞

二〇〇七年　受聘香港海峽兩岸四地首屆青少年書畫比賽藝術顧問暨評審

二〇〇七年ASIA國際藝術展第二名

作品獲香港大公報金紫荊銅牌獎

參加國際迎春揮毫

二〇〇八年　參加戊子年迎春開筆大會並獲銅牌獎

受邀參加「兩岸三地女書畫家香港大會堂及珠海展」作品獲收藏

參加兩岸文化藝術聯盟書畫精品展（和平金門／華人百位國畫家彩瓷聯展）

獲二〇〇八年ASIA國際藝術展第二名

獲二〇〇八年國際第二屆書畫交流大賽佳作獎

參加國際迎春揮毫

二〇〇九年　受邀參加浙江寧波美術館兩岸四地（臺港中澳）名女書畫家展作品獲收藏

受聘香港海峽兩岸四地第二屆青少年書畫比賽藝術顧問暨評審
受邀參加韓國（韓中書法交流三十五週年）特別展
受邀參加古元美術館港臺四位女書畫家「藝海揚芬」聯展作品獲收藏
大日本書藝院東京美術館第七十回國際文化交流書道展獲特選（銀牌獎）
參加國際迎春揮毫

二〇一〇年　大日本書藝院東京美術館第七十一回國際文化交流書道展獲特選（銅牌獎）
受聘中華民國書法教育學會臺北市中小學教師書法研習班講座教授
參加國際迎春揮毫

二〇一一年　香港大會堂高座久久美展
臺北市立兒童育樂中心九九美展
策劃莊和男彩藝人生個展
參加國際迎春揮毫

受聘擔任自然步道協會「紅樹林寫生比賽」評選
受聘香港海峽兩岸四地第三屆青少年書畫比賽藝術顧問暨評審
受聘中華民國書法教育學會臺北市中小學教師書法研習班講座教授

二〇一二年
受邀參加臺南市學甲區宅港國小九十週年校慶「莊和男伉儷書畫展」
受聘中華民國書法教育學會臺北市中小學教師書法研習班講座教授
參加國際迎春揮毫

二〇一三年
榮獲國立斗六高中第十一屆傑出校友
參加大日本書藝院東京美術館第七十四回國際文化交流書道展獲特選
（銀牌獎）
受聘中華民國書法教育學會臺北市中小學教師書法研習班講座教授
參加國際迎春揮毫

二〇一四年
受邀參加癸巳年臺灣書法展
受邀青島等地展並獲私人博物館收藏作品
受邀參加全日展

受聘中華民國書法教育學會臺北市中小學教師書法研習班講座教授

受邀參加南寧、珠海、廈門等地展並獲收藏作品

受邀參加甘肅蘭州等地展並獲收藏作品

受邀參加二〇一四中國東盟博覽會文化展

受邀參加二〇一四漢字文化推廣系列活動名帖名家講座活動擔任主持引言人

參加第十五屆日本蘭亭會東京展

受邀參加二〇一四第三屆海峽杯全國書畫展

受邀參加二〇一四海峽兩岸交流書畫雙優金獎

參加國際迎春揮毫

二〇一五年

受邀參加甲午年臺灣書法展

受邀參加全日展臺灣展出

受聘中華民國書法教育學會臺北市中小學教師書法研習班講座教授

受邀 2015-04 The State University of New York College at Geneseo 學者

訪問、講座、展覽。

受邀參加北京二〇一五乞巧情、女兒夢國際婦女書法作品展

受邀參加廈門兩岸名家書法展

參加第十六回日臺港蘭亭書法交流展香港展出（二〇一五年七月）

受邀參加全日展日本展出並獲國際書藝獎

受聘中華民國書法教育學會臺北市中小學教師書法研習班講座教授

乙未年詩話華嚴古典詩徵稿首唱（左）優選，首唱（右）佳作

參加國際迎春揮毫

受邀參加香港重建校園書畫作品捐贈義賣活動

林仁先生八秩晉七雙壽誌慶

極婺雙輝燦海隅　籌添八七慶懸弧
佳兒展驥憑誰及　快壻乘龍與眾殊
益健精諳五禽術　相偕遊歷百鴻都
神仙眷屬如鶼鰈　美滿溫馨福壽俱

楊君潛　敬賀

林仁先生八秩晉七雙壽誌慶楊君潛先生贈詩

雲英女史《岫安吟稿》第一輯梓成誌慶

雲淨晚晴呈霽岫
英才乍露得慈安

歲次乙未（二〇一五）荷月穀旦

楊君潛〔印：楊君潛〕撰賀

雲英女史《岫安吟稿》第一輯梓成誌慶楊君潛先生贈詩

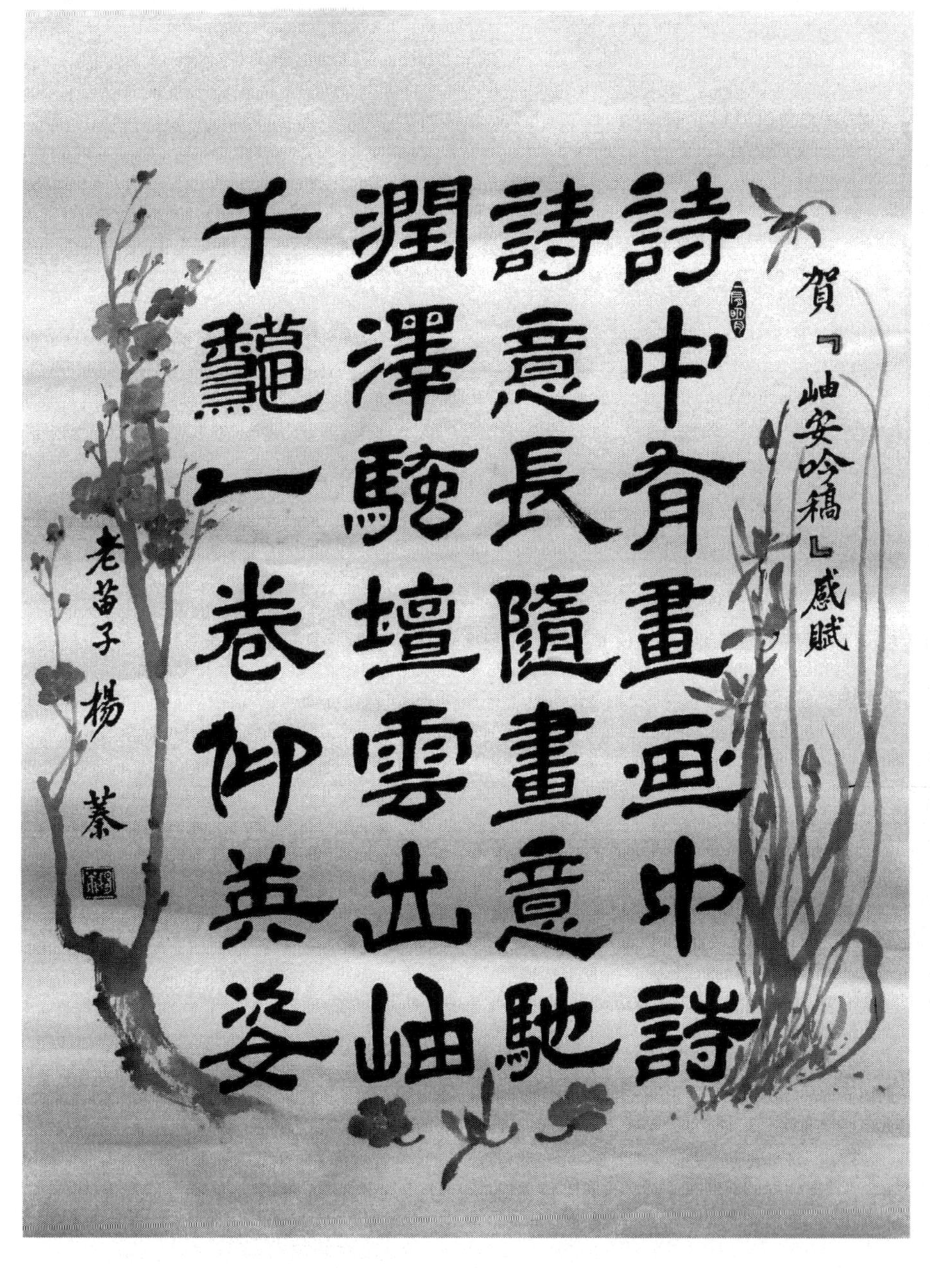
賀『岫安吟稿』感賦
詩中有畫畫中詩
詩意長隨畫意馳
潤澤騷壇雲出岫
千龜一卷仰英姿
老苗子 楊 蓁

大漢詩詞研究社創社社長楊蓁先生賀辭

雲英女史，乃藝術文化界之精英。曾在國內外不同書畫社團，擔任理監事、秘書長等職。對書畫藝術之推展不遺餘力。其工作之認真與負責精神，深受各界之一致好評。

我與雲英女史，有幸曾在數個不同書畫社團共同研究，深知其對書畫藝術之造詣，已達出神入化之境。雖其對詩詞之研究，不若書畫之久遠，但其領悟進步之神速，卻使人嘆為觀止。今以其所發表之詩詞而言，不管在構題、立意、章法、造句、御韻、屬對、擬設等，均已達名家之流。今後如再假以時日更進

大漢詩詞研究社社長耿培生先生賀辭

一步，必可與小李杜比美，而不遜色。今聞其將出版專集，謹盼其早日面世之外，並期以先睹為快。敬候並祝圓滿成功。

大灣詩詞研究社社長　耿煜生　敬賀　年　月　日

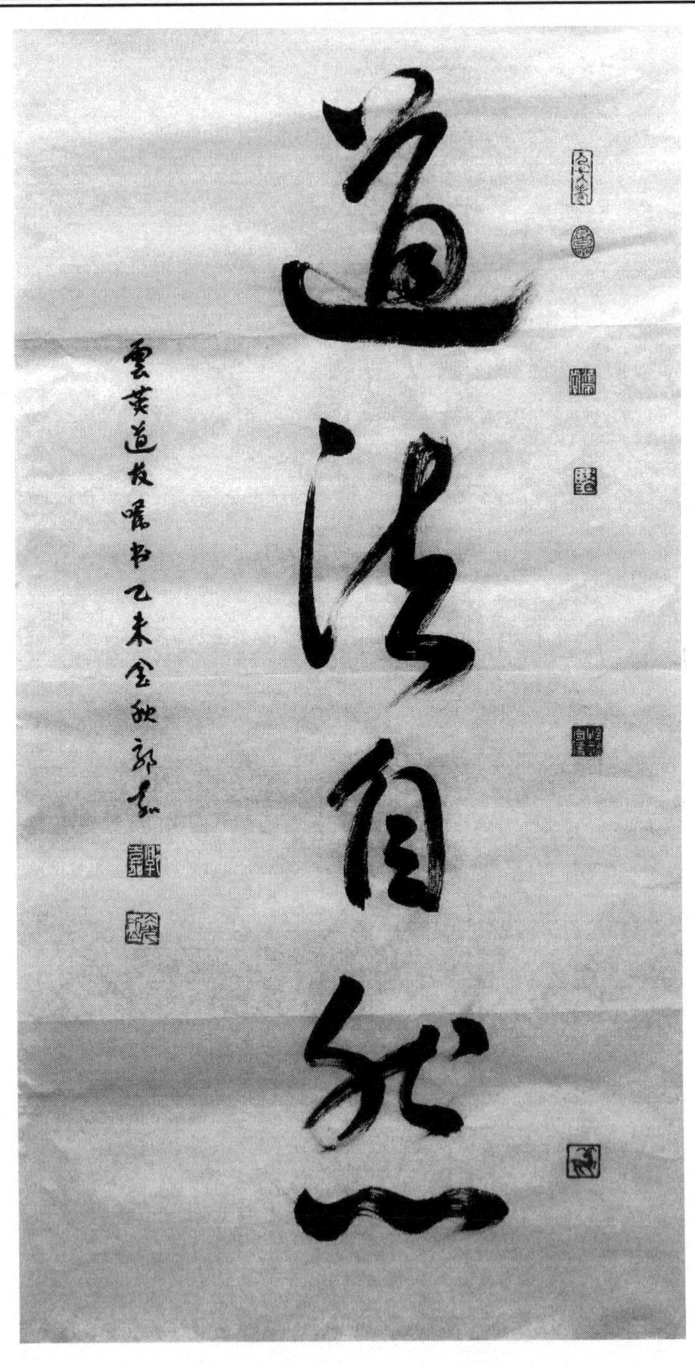

香港兩岸四地交流協會主席郭嘉先生賀辭

國立臺灣師範大學暨華梵大學教授黃智陽先生賀聯

中華民國書法教育學會理事長陳國福先生賀辭

賀林老師雲英女史奇藝成冊誌慶

書詩畫等六藝
齊放人間承傳

中華民國書學會理事長羅順隆敬賀

中華民國書學會理事長羅順隆先生賀辭

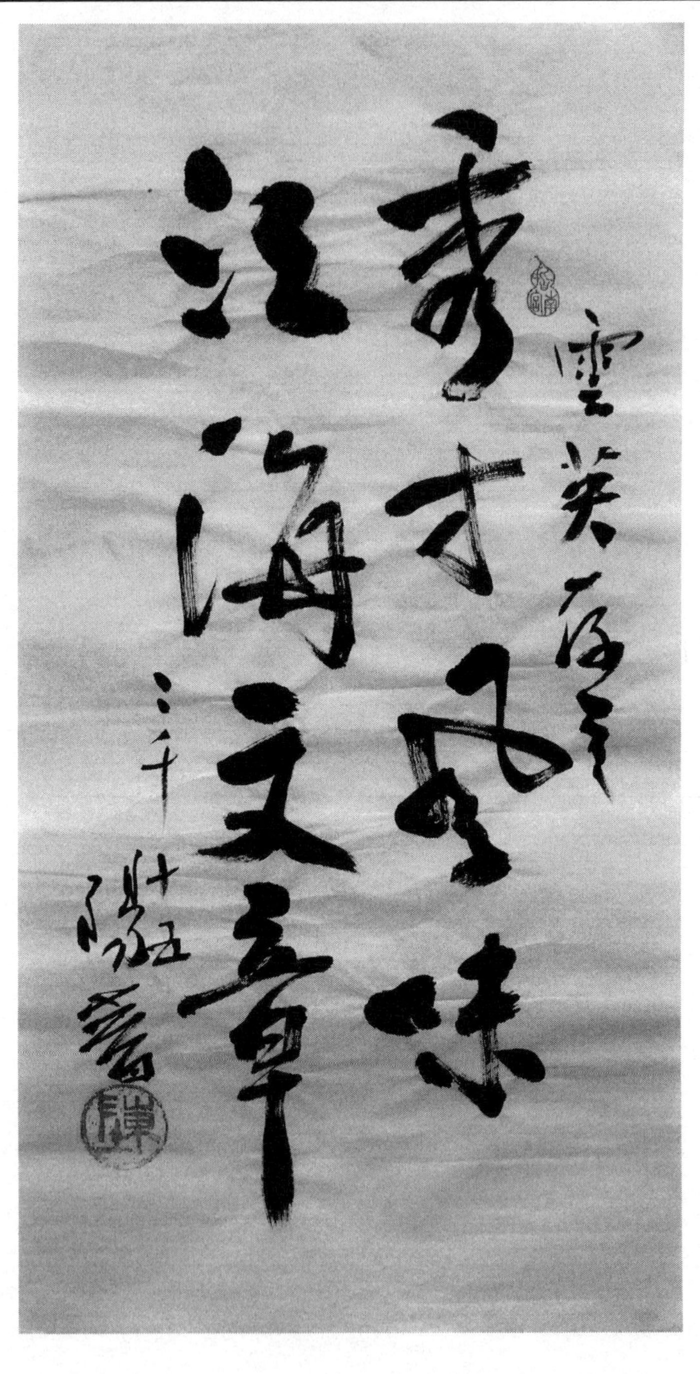

陽春水彩畫會榮譽會長陳陽春先生賀聯

兩岸文化藝術聯盟交流協會會長李沃源先生賀辭

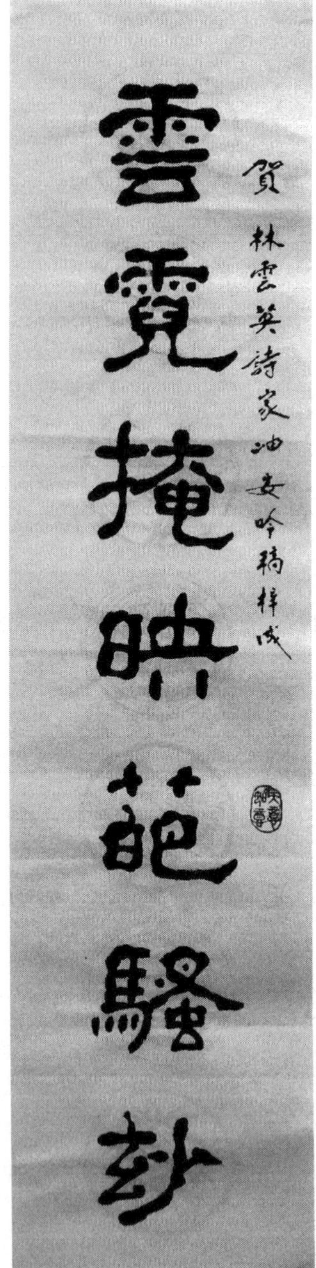

中華大漢書藝協會理事長陳克謙先生賀聯

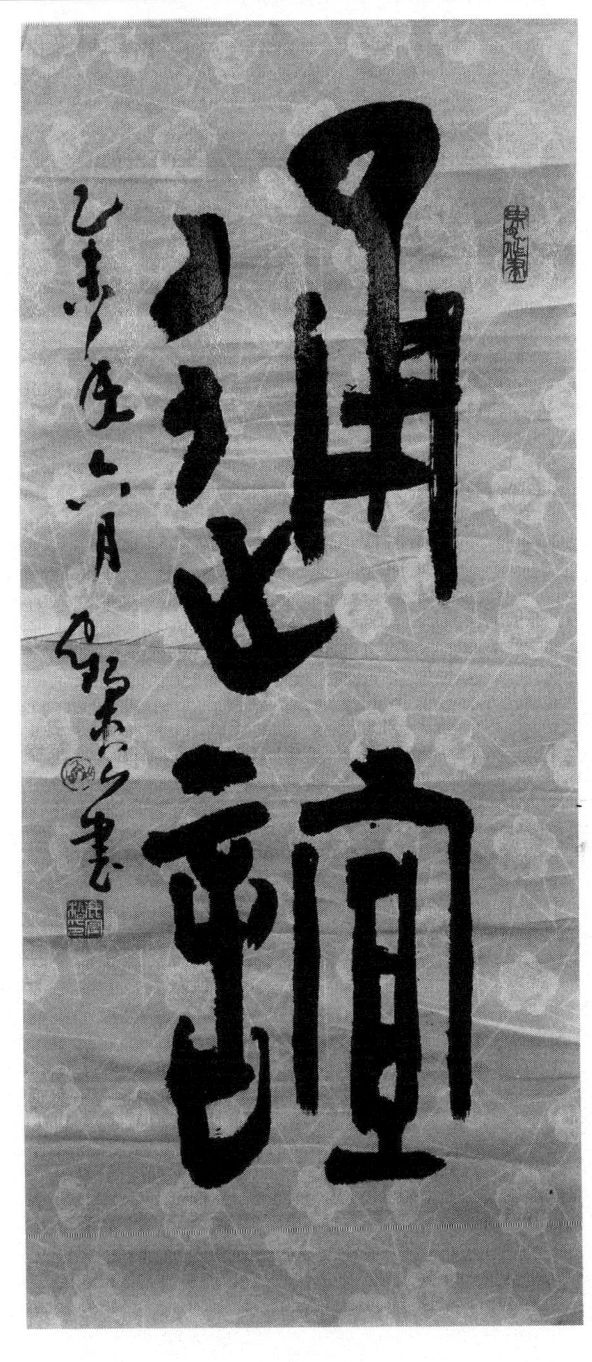

甲骨文學會副理事長鹿鶴松先生賀辭

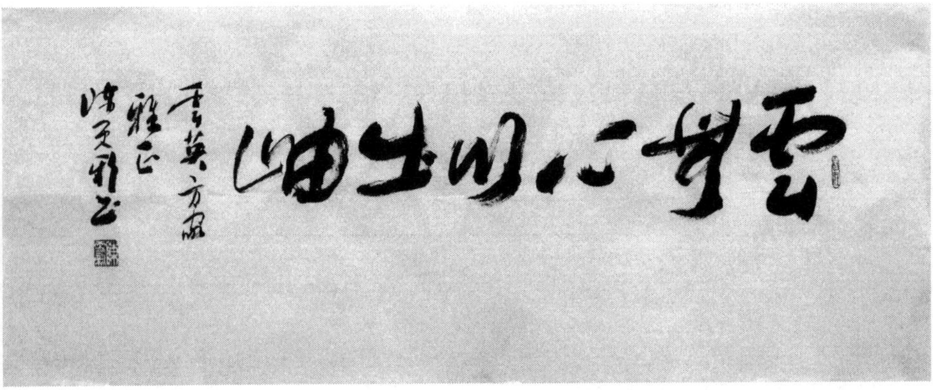

香港蕙風書畫會會長陳更新先生賀辭

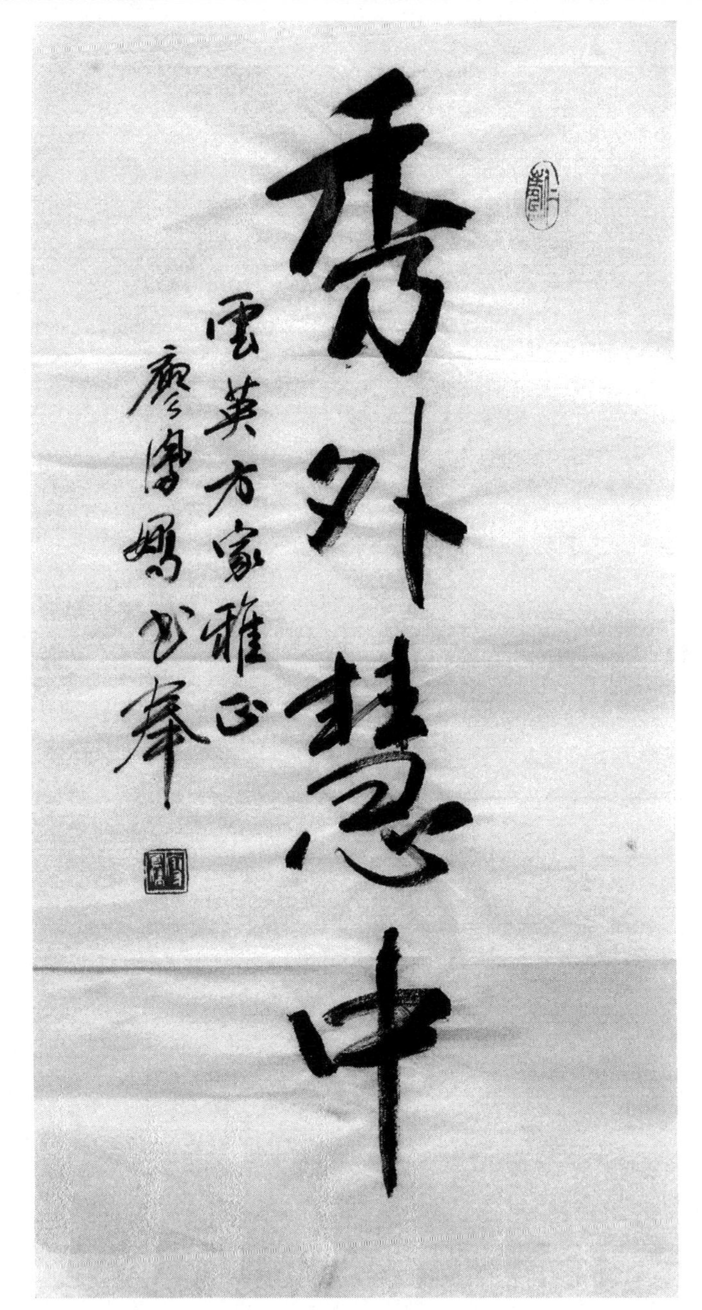

香港蕙風書畫會副會長廖鳳嬌女士賀辭

中華民國古典詩研究社常務理事贈莊和男林雲英伉儷賀聯

和聲雲遏凌金竹
男志英奇匹玉人

唐謀國贈

雲英方家雅正

雲路揮毫書與畫
英華振藻賦兼詩

闞齋撰贈

雲英女史清賞

雲游物外群山小

英萃心中一室寬

孫晉卿贈

雲英方家清賞

雲霞繽紛呈瑞祥

英明睿智鑄榮光

女中豪傑多才藝

史學孟母教子方

才氣縱橫助人樂

華冑菁英柔勝剛

卓然有成在修齊

越發圓融吉安康

王敬先贈

雲英方家清賞

雲柯有係藍橋趣
英慧無私紫鳳書

延陵季叔撰作

雲英方家清賞

歲月相催滿鬢霜
浮雲富貴不須傷
人間自有眞情在
難得知心樂未央

其二

萬卷羅胸自有神
良師益友性情眞

聯吟雅集饒風韻
不忝儒門席上珍

闕齋撰贈

中華民國書法教育學會前理事長、書法教育月刊會訊社長
題莊和男個展贈詩

和男先生畫展

攝影寫眞象外游　大江南北作閑鷗
散懷覽物俗情濾　味道觀風煙水流
彩筆摹描欣造化　輕歌嘯志傲公侯
浮生如幻當酬昔　鶼鰈深心泛藝舟

適評撰贈

莊和男水彩展

攝相傳移粉本羅　畫圖寫意秀山河
一支彩筆煙波錄　兩曲新歌韻律和
馨藝齊眉朋趙管　唱隨共案羨鴛鴦
萍生難得肩頭卸　游處重心樂事多

適評撰贈

五言絕句

梅花

虬枝春意動　綠萼點紅妝　喜鵲嚶鳴矣　瓊蕤侑酒觴

其二

點點凌霜瘦　暗香遠近傳　孤山湖水側　索笑伴心田

其三

鐵骨凌空立　羅浮入夢時　花魁標國色　從未藉胭脂

畫馬

竹批雙耳俊　雪捲四蹄輕　碧柳清溪畔　伊誰擅寫生

題鯉

悠游樂自知　尺素寄相思　一躍龍門去　千秋樹典儀

其二

卅六銀鱗爍　揚鰭露壯猷　會當化龍去　自在樂天游

典衣

典衣沽酒飲　醉客賞花吟　撫事詩題壁　相思月夜深

遊竹溪寺

竹徑清溪繞　鯤瀛首觀遊　禪修思匾意　徹悟了無憂

註一　竹溪寺為臺灣第一觀，故次句云然。

註二　匾意：該寺匾額「了然世界」。

題畫猴

柴山饜珍果　嬉鬧度春秋　跳擲弓工避　群猴石上遊

七言絕句

送別

長亭送別淚千行　逝水東流欲斷腸　共苦同甘成往事　陽關唱徹更悲傷

贈友人

殘燈疏影路悠悠　又見相思又見愁　各有前程千萬里　三生夙願此生求

遣懷

歲月如梭兩鬢霜　浮雲朝露滿懷傷　功名富貴歸塵土　半百人生寄晚涼

步月

午夜中庭踏月行　徘徊繾綣故園情　清輝脈脈尋詩料　言念伊人句忽成

秋水

曲橋靜寂秋波渺　霞鶩齊飛喜賦詩　日落崦嵫天向晚　風搖蘆荻白離離

淡江遠眺

淡江山色水雲中　雪舞蘆花映碧空　罨畫彩霞鴉數點　煙波瀲灩夕陽紅

思鄉

年光流逝幾春秋　悵望鄉關感不休　欲問平安情更怯　願教依舊免心憂

敬悼王敬先校長

修文駕鶴九天歸　噩耗傳來涕泗揮　長恨人琴俱已渺　高風亮節夢魂依

香江百年久久美展遇摯友

重逢老友香江展　敘舊陳年敦互勉　竟日交歡情盡迎　毋忘相約黍雞蹊

贈臺大腫瘤科洪瑞隆醫師（藏頭格）

洪恩造福蔭兒孫　瑞術仁心典範存　隆就岐黃資濟世　讚譽德望最崇尊

讀孫過庭（虔禮）書譜

神融意暢稱雙絕　節筆合乖爲妙訣　古質今姸世靡倫　臨摹睹迹修身悅

莊和男水彩畫展畫中尋詩

遊子丹青憶舊情　形神寓意寄心聲　尋詩獨醉畫中趣　彩藝人生日月耕

臨帖——楊凝式《神仙起居法》

養生練氣似神仙　勢若龍蛇游上箋　日夜臨摹心與手　書豪八法傲群賢

端午即事

龍舟競渡慶端陽　角黍飄香溢草堂　雄酒驅邪不辭醉　好憑酩酊作文章

龍山寺曉鐘

百八敲來杵韻揚　迎曦斷續震臺陽　禪修信眾盈堂座　古剎龍山萬世昌

廢宅

殘垣古井炊煙斷　破瓦舊門簾幕亂　野蔓閑花散滿庭　辭巢燕雀聲凄惋

對弈

對弈秋分廟口前　楸枰變化掛心弦　輸贏靜待局殘見　坐隱翛然快似仙

雞鳴

雞鳴犬吠炊煙起　鳥語花香伴牧童　談笑謳吟觀曙色　阿誰起舞日曈曨

樵夫

清曉伐柯雞唱殘　歌聲嘹亮解孤寒　兩肩遮莫生皮繭　他日春闈榜上看

蒲觴

菖蒲美酒午時供　一盞斟來欲蕩胸　屈子清醒陶令醉　各懷遯世息芳蹤

杜甫

憂民愛國擅詞章　筆氣雄渾冠盛唐　壯志未酬千載恨　詩風磅礴永流芳

待月

蟾藏兔隱鬱心田　燭暗香殘夜未眠　別苦誰憐羿妻寡　相期千里共嬋娟

赤壁懷古

斷戟貞魂付浪濤　興亡成敗等鴻毛　國殤本是英雄事　莫共靈胥抒鬱陶

苦熱

赤日炎炎草木焦　雷虛電閃雨寥寥
心煩炙熱熬三伏　避暑尋涼一醉消

溪居

林泉靜隱聽潺湲　桂近蟾明好仰攀
作畫吟詩無俗慮　襟懷灑落自悠閒

大漢雅集

詩壇雅集喜傳薪　扢雅揚風句句珍
合道反常得奇趣　騷朋暢詠性情眞

野望

野闊林疏覆翠微　東溟日上彩雲飛
迷蜂浪蝶隨花舞　獨自徘徊欲忘歸

詩將

筆落森嚴泣鬼神　憂時愛國性情眞　詩詞意境饒風義　壇坫咸推席上珍

畫鶴

緇衣丹頂畫仙禽　兩短三長萬里心　和靖王喬俱已渺　世間何處覓知音

磨劍

龍文淬礪橫磨劍　紫電白虹交錯驗　北討南征匣裡鳴　江山重整遙思念

半面美人

美人婀娜夢縈思　最是桃腮半露時　欲語還羞隔簾幔　怎禁宋玉不情癡

電影

浮生百態現銀帷　笑貌容顏觀劇癡　今古休閒兩相異　金鐘獎響醒人時

聞笛

何人弄笛度雲空　客夢驚醒五夜中　折柳悽清腸欲斷　三聲無奈望春風

註一「折柳」：笛曲名。

新雁

紫塞衡陽萬里心　門關飛渡雪霜林　長空一叫金風冷　腸斷閨人急暮砧

桂花

秋宵金粟散香來　寂寞蟾宮孰與陪　蜜意濃情難訴盡　一樽江月酹餘杯

魚苗

魚苗唼藻漫浮沉　逐隊穿梭戲柳陰　他日疾雷燒尾後　禹門龍化遂雄心

樵歌

歌聲清響負薪歸　斷續悠揚出翠微　省識買臣猶未遇　時來豹變興遄飛

夏日

紛紅駭綠滿庭隅　蛙鼓蟬琴更愜愉　鷺侶題襟消溽暑　伊誰信手得驪珠

春痕

桃紅李白舞春風　竹影松聲隔綺櫳　泉韻不勝欹枕聽　情長夢短一場空

餞秋

玉露凋傷桂菊殘　金風蕭瑟歲時闌　攀轅白帝情何限　唱徹驪歌淚暗彈

與君共舞

夫君起舞妾高歌　妙影蹁躚浪漫多　緣盡曲終情未了　沾襟揮別又如何

題畫詩——仙客來

俯首嬌羞盼見君　千姿百態舞羅裙　嫣紅姹紫揚芬馥　韻雅情眞天外聞

題畫羊

短角輕蹄野牧黃　秋深瀛嶠草猶芳　溫馴跪乳酬恩報　屈膝親前子道揚

註一「黃」：指黃初平。

除夕話年俗

辭歲圍爐祭祖先　佳餚美酒慶團圓　紅包爆竹童心在　笑語歡欣賀瑞年

春風送暖更催花

青皇稅駕破寒威　小院晴舒紫燕歸　蝶舞飛花迎客訪　詩情畫意入心扉

迎雲南玉泉詩社來臺交流（藏頭格）

玉振蓬萊兩岸親　泉聲琴韻勝陽春　詩追李杜揚天下　社譽蒸蒸筆有神

午睡初醒

夢迴晝寢意闌珊　簾拂金風陣陣寒　悵念故人千里遠　蒹葭秋水淚闌干

其二

午睡醒來聽雀啼　夢中得句半離迷　枕邊情景依稀在　速擘濤箋把筆題

午夜蛙驚夢

午夜蛙鳴驚夢魂　池塘閣閣攪心煩　閑窗獨坐發長嘆　誰辨官私與帝言

散花

（鹿谷大華嚴寺乙未全國詩人大會次唱）

維摩詰室佛宏揚　萬朵芬芳散道場　誦徹華嚴八千偈　是非名利兩都忘

聞颱

暴雨狂風變色天　樹搖聲撼震瀛壖　強颱聞訊有餘悸　陋室防患於未然

妃廟飄桂

五桂飄香萬古情　忠貞壯烈史留名　朱明莫謾傷移祚　青史長昭即永生

一雨便成秋

驕陽苦熱正煩愁　一雨成秋萬慮休　涼夜閑聽簷溜滴　詩成險韻夢中求

秋蝶

秋高氣爽蝶紛飛　葉落花殘底處歸　憐汝多情偏薄命　荒園寂徑欲何依

老僧

雪眉霜鬢坐禪修　鐘磬晨昏伴偈幽　世俗塵緣情漸遠　雲山深處寄優遊

窗前

月移花影到窗前　風引車聲醒醉眠　乍見秋分寒夜寂　有時香味隔簾傳

中秋賞月

一輪秋影轉金波　四處人潮烤肉多　十二樓臺天不夜　嬋娟千里憶姮娥

詩味

醉後題詩句未淳　醒來細嚼味仍辛　推敲省識長吟樂　敝帚猶堪只自珍

望雲

無心出岫映新晴　聚散隨風百態生　瞻悵思親似仁傑　白雲深處倍傷情

觀潮

龍吼鯨奔極壯觀　驚濤崩岸九秋寒　詩人不識靈胥怒　卻道風掀百尺瀾

寒夜

月白風寒孤寂時　吟詩作畫一生癡　參橫斗轉霜凝樹　心比梅花冷不知

冬山

秋霜歷盡杳嫣紅　石骨嶙峋聳碧穹　咫尺天涯添悵意　不堪聽唱望春風

禪關

塵緣已盡叩禪關　覺路安行爪印山　四大皆空心自定　六根清淨意常閑

題息夫人

忍辱偷生幾度春　可憐慵掃黛眉新　流芳千載桃花廟　氣壓唐宮返俗人

二〇一五「乞巧情・女兒夢」北京國際婦女書法展題辭

彤管爭輝乞巧情　潛心五體出精英　相逢恨晚酒歌暢　藝苑揚芬百世榮

五言律詩

聽雨

倚窗聽驟雨　淅瀝落階前　冷濕噤寒雀　飄瀟斷唳蟬
似聞交響樂　誰弄十三弦　點滴破寥寂　孤燈伴晚眠

讀畫——八哥凌霄花圖

陋室觀新作　仙禽戲紫葳　跦跦攀樹杪　恰恰語春暉
葉翠枝凌漢　花紅院溢緋　低飛呼舊侶　遶砌過林扉

註　一　八哥又名「鴝鵒」、「迦陵」、「駕鴒」。「凌霄」又名「紫葳」。

喜雨

蓬萊憂限水　日夜盼分龍　簷霤驚殘夢　畢箕相過從
萬人耕隴畝　四月慰田農　潤物恩難報　昭蘇一蕩胸

鄭祠探梅

探春雪蕊迎　松竹節同貞　國姓龍庭在　王祠鳳闕閎
風來疏影動　人訪暗香呈　遮莫滄桑變　冰魂守府城

觀海

重遊東北角　望海碧連天　船影橫斜渡　鷗聲遠近傳
空聞拾海月　不見破濤煙　沉醉忘歸去　詩成興欲仙

七言律詩

賀莊曜遠新居落成

環翠瓊樓鄰架香　新居燕賀肇禎祥　桂蘭挺秀無疆福　梁孟相莊百世昌
入座雲山生翰墨　臨門星斗煥文章　翬飛輪奐人爭頌　富貴平安德澤長

古刹晨鐘

晨鐘響徹薄山川　古寺梵音逸韻縣　界喚三千傳鷲嶺　杵敲百八震鯤堧
莊生迷蝶驚殘夢　佛印燒豬喜悟禪　滌盡煩襟空五蘊　教人聽罷利名蠲

曼倩偷桃（祝母壽）

獻壽偷桃揚孝敬　慈闈豫樂寸心寬　南山萱映輝星婺　北海樽傾萃蓋冠
詩頌岡陵天錫嘏　帨懸萊綵子承歡　千秋曼倩傳佳話　一啖身寧百歲安

酒旗

酒帘高掛小橋端　映水飄颺決眥看　憶舊所天邀我醉　撫今何處逗君歡
怨愁一笑隨風去　歲月無情逐雨殘　酣戰燈明誰獨醒　孤吟夜靜伴清寒

觀獵

古道西風獵未歸　弓鳴風勁羽紛飛　驕鷹狡兔雙穿箭　怯鹿驚狐盡入圍
日暮笙歌慶豐獲　營回觴詠樂相揮　共誇身手彌靈捷　互勉春郊再發威

臺北粥會紀盛

鯤瀛粥會歲逢羊　矢志同心翰墨揚　四海千秋傳韻事　群賢畢集獻文章
流觴曲水遺風在　起敝興衰聖道彰　稀飯療飢無限樂　去奢亮節自芬芳

李白

嘯傲江湖志未伸　興來落筆即驚神　乾坤揮灑飄風雨　歲月消閒寄俗塵
月下花間情跌宕　篇中字裡意純眞　嶔崎公獨有仙骨　的是千秋絕代人

地震

地牛翻動簸蓬萊　土裂山崩浩劫來　怵目驚心亂方寸　牆傾屋倒變塵灰
千呼萬喚親何在　家破人亡國浸災　天禍侵尋難預料　更堪餘震日三回

消夏詞

松濤谷口凱風涼　滌盡炎威寵辱忘　沉李浮瓜消暑渴　烹茶擘荔解饞香
清心寡慾微吟樂　氣定神閒逸興揚　好是客從遠方到　遺來尺素喜如狂

謁延平郡王祠

跨海東征爲復明　開天闢地仰延平　紅磚綠瓦騰奇氣　古砲芳梅守聖名
血淚丹心昭匾額　忠肝義膽寫眞情　登臨拜謁徘徊久　麗藻飛來句忽成

廈門鼓浪嶼水亭即事

浪鼓潮音繞曲橋　波光雲影映朱雕　開心似聽桓伊笛　側耳如聞弄玉簫
戲水池魚看隱約　穿花雀鳥樂逍遙　重遊舊景依然在　一別伊人空復邀

同學會

一堂歡聚話當年　同硯磋磨合有緣　漫憶髫齡浮大白　寧知鬒髮變斑玄
宏揚道義遵師鐸　格致文章學聖賢　世路崎嶇互相勉　定教誼比石金堅

註　一　學生畢業三十六年重聚，藉邱順同學娶媳婦喜宴開同學會。

吳夢雄先生逝世二周年紀念

展讀遺篇憶夢公　藝壇盛譽死生同　忠魂壯志滿懷抱　偉業功名萬世崇
昔日盍簪吟翰墨　此時摛藻拂悲風　英靈千古伴明月　清酒一樽酹碧空

南鯤鯓凌霄寶殿落成全國詩人大會誌盛

凌霄寶殿壯乾坤　五府慈恩祐子孫　蘭桂庭香瀰滿囿　琳琅藻井飾雕樊
詩書畫藝題廊柱　善信禪修得慧根　廣渡眾生祈福報　千秋萬世仰天尊

南鯤鯓代天府甲午全國詩人大會誌盛

鯤鯓建醮小春天　護國祈安甲午年　廟貌巍峨聳霄漢　神恩浩蕩薄山川
蚵寮地勝鷺鷗萃　虎嶺雲開鸞鳳翩　缽韻鐘聲揚八表　詩風鼓吹震瀛壖

臺南市玉井三清宮甲午全國詩人大會誌盛

璇宮寶殿萃群英　護國安民祭典宏　浩蕩神恩覃太祖　巍峨廟貌聳三清
龜溪獻瑞龜圖現　虎嶺迎祥虎氣呈　甲午會開詩誌盛　元音丕振壯南瀛

五六年高中畢業同學會述懷

同窗古道見眞情　灑落襟懷互笑迎　巨木蒼茫遊客少　昔時勞苦晚年榮
溫馨話舊添佳趣　德業爭揚受盛名　久別重逢對樽酒　相期莫漫負生平

註一　時間：二〇一四年十一月八日（星期六）。

註二　地點：陽明山魚路古道及山水湯泉館一日遊。

註三　主辦：三年一班（畢業四十七年）。

遊板橋林家花園寫生

（記中華九九書畫會二〇一四年歲末寫生）

塵囂遠避訪名園　墨寶書香尚有痕　老樹假山成畫稿　來青定靜斷詩魂

哲人已杳星留戶　流水無情月照軒　往日繁華難復在　板橋韻事永長存

註一　來青定靜：來青閣、定靜堂。

華嚴寺曉鐘

（鹿谷大華嚴寺乙未全國詩人大會首唱）

晨曦一杵震禪林　鹿谷華嚴誦梵音　霧鎖錚鏦如虎嘯　雲深縹緲似龍吟

聲傳茅店醒塵夢　韻繞蓮臺證佛心　大好朝來敲百八　滌清五蘊豁胸襟

尼加拉瓜瀑布記遊

尼加拉瀑勢崢嶸　界破鴻濛享盛名　白練千尋懸壁掛　明珠萬斛自天傾

盤旋浩蕩如雷震　澎湃奔流似海鳴　濟濟遊人齊讚賞　心凝形釋寄深情

鹿耳沉沙

草雞一旅入鯤身　懾服荷蘭歷險辛　鹿耳濤翻天助我　牛皮肉袒敵稱臣

滄桑變後餘溪水　桔柣門荒認劫塵　折戟不勝懷往事　自將磨洗藻摛新

註　一　王漁洋《池北偶談》：崇禎時，僧貫一在鷺門掘得古磚，其文曰：「草雞夜鳴長耳大尾」等字，識者曰：「此鄭成功也」世因稱鄭氏為草雞。

註　二　牛皮：即牛皮地。紅夷初借地於土番曰：「但得地大如牛皮，多金不惜。」土番嗜利

許之。乃剪皮如縷，環圍數十丈，築赤嵌城。

遊日月潭

層巒疊嶂繞雲嵐　千樹櫻花映蔚藍　天爲蓬瀛開八景　波沉日月耀雙潭
纜車畫舸舒而適　杵舞漁歌樂且耽　寫畫題詩成腹稿　坡仙遊興我微諳

送春

落花滿地十分愁　草草琴樽餞別籌　細雨斜風腸欲斷　鵑啼蝶舞淚零流
臨歧獻唱詩三疊　祖道頻傾酒百甌　爰向東皇問消息　來臺駐蹕幾春秋

登高

九日登高陟象山　浮生難得去偷閒　茱萸掩映殘煙裡　鴻雁翾翻夕照間
往事剩餘泥上爪　悲秋怯覽鏡中顏　詩書倘可留人讀　世俗功名盡可刪

冬日書懷

萬里冰封歲暮寒　魚龍寂寞眾芳殘　日升檻竹葉輸翠　雪擁庭梅蕊綻丹
賞畫品茶心自廣　觀書讀帖志彌寬　閨門樂事君知否　把酒題襟李易安

夜市

日斜列肆麇人潮　閃爍螢燈向客招　炒炸蒸煎憑我選　山珍海錯任君挑
時時窮巷呼庚癸　處處高樓醉暮朝　我步街頭頻側耳　英雄末路漫吹簫

聯語

賀宅港國小九十周年校慶

宅里耆賢揚校譽　港墘庠序造英才

賀郭彩萍個展

彩筆揮青山綠水　萍蹤耀翰墨書林

賀默契傳神墨人李家增書法創作首展

家傳道德經文在　增擅詩書格致深

寧夏、臺灣徵稿

出句：一脈同宗，兩岸三通通四海。

對句：千年共祖，齊家全力力無窮

自撰聯：

兩岸心連心，共創文明大國。

兆民手繫手，齊爭經濟先鋒。

兩岸一家親，致力光宗耀祖。

九州無芥蒂，全心富國裕民。

華人共創財經盛，心氣相求血脈親。

世福　折枝詩（冠頂，左右不移）

世路催人雙鬢白　福恩報主一燈青

世間海內崇詩聖　福地洞天宿醉仙

世事如浮雲夢幻　福田同對弈心耕

世代書香集閭邑　福州山水萃騷人

世德千秋成事業　福賢奕世立功名

世代詩鐘奇似聖　福州詞賦妙如神

世人擇友求三益　福地居閭備五倫

贈雲南玉泉詩社和瑞堯社長

瑞德長傳和氏璧　堯仁廣照少微星

楹聯

「風和日麗」對下聯

對句

杏雨梨雲
斗建春回
露冷霜寒
雨霽雲開
水色山光

楹聯

「句得江山助」對下聯
對句
風寒魚鳥藏

楹聯

「寒梅破萼三冬候」對下聯

對句

落葉穿林十月風
老樹枯藤九夏涼
嫩葉初萌二月春
落絮飛花九月初
瑞雪吟詩十月天
翠竹清風六月天
壽菊開花九月秋

陳哲先生張晉竹小姐吉席

哲才碩學財源廣　晉德齊家福澤長

賀楊靜江女士書畫個展

靜心養性修天爵　江畫陸書耀宇寰

註　一　「江畫陸書」：江指江參，陸指陸機。

詩鐘

大漢 鳳頂格 一唱

大藏佛經晨起誦　漢書秦篆晚來臨
大舜聖人竟南殂　漢家天馬自西來
大師妙語神情具　漢字傳承形韻全
大地春回山色翠　漢江冬去水光清

書藝 燕頷格 二唱

群書博覽驚天地　一藝精通耀古今
曲藝閒吟天籟合　琴書雅趣畫堂幽
觀書兩眼昏花眩　學藝齊心意氣昂

習藝可教人潤屋　讀書能養性修身
詩書浩瀚精奇廣　射藝淵源意境深
六藝琴棋儒俠志　多書鄴架古人風
遊藝助於康且壽　善書妙在手通心
綜藝弈棋全舉冠　讀書學劍兩無成
游藝十家天下少　藏書萬卷世間稀
講藝談經尊後學　說書論畫讓前賢

梅雪　燕頷格　二唱

紅梅疏影廣平賦　白雪凝香介甫詩

薪膽 鳶肩格 三唱

伊余膽學來禽帖 人孰薪傳瘞鶴銘

筆花 蜂腰格 四唱

興來弄筆尋詩意 自有生花伴翰香

重九 鶴膝格 五唱

攀登西嶽重陽節 坐看東皋九畹花

史詩 鳧脛格 六唱

講述興亡憑史記 談論禮樂藉詩經

鶴梅　雁足格　七唱

遨翔萬里仙姿鶴　偃臥孤山鐵骨梅

人日　鳳頂格　一唱

人游碧海思魚樂　日出青山聞鳥啼

醉吟　燕頷格　二唱

愁吟撫景無詩思　夢醉開懷有酒香

風雨　鳶肩格　三唱

江河雨急舟催渡　巷陌風多鴿側飛

詩社 蜂腰格 四唱

登壇祭社執牛耳 紀節吟詩折桂枝

春日 鶴膝格 五唱

紅顏倩影春秋盛 白髮留痕日月新
鳥語花香春意鬧 星垂月湧日光殘
林邊鳥語春風暖 竹外花開日影遲

詩畫 鳧脛格 六唱

樹襯殘霞成畫稿 花含宿霧孕詩情

梅柳　雁足格　七唱

斜陽水映池邊柳　曉日風迎隴上梅

荷月　鳳頂格　一唱

荷塘葉潤綴珠露　月窟花香滿玉樓

文酒　燕頷格　二唱

舞文弄墨書生癖　借酒興懷俠客情

雲海　鳶肩格　三唱

坐擁雲山觀雪景　立瀨海岸聽濤聲

蟾落雲霾吟杜甫　鵬飛海運記莊周

蒲劍　蜂腰格　四唱

門掛菖蒲驅百魅　手持龍劍避千邪

遠新　鳧脛格　六唱

昔日深思知遠慮　今朝淺酌散新愁

忠孝　雁足格　七唱

代父從軍揚大孝　奉慈報國仰精忠

苦熱　鳳頂格　一唱

苦心行善無人曉　熱血奔騰萬里征

波影　燕頷格　二唱

竹影林間迷棧道　煙波岸曲畫漁船

海秋　鳶肩格　三唱

天涯海角尋知己　春去秋來憶故人

厚生　蜂腰格　四唱

思君憶厚情疇昔　訪友談生死別離

暮春　鶴膝格　五唱

我憐蝶舞春風拂　誰憫蜩鳴暮色沉

風雪　鶴膝格　五唱

秋水長天風淡蕩　春花滿地雪離披

日晴霞散風吹柳　月皓星輝雪綻梅

晴雨　雁足格　七唱

空闈閉戶聽春雨　陋室開簾看晚晴

心香　鳳頂格　一唱

心畫心聲迎夏日　香花香氣度春風

心緒纏綿尋醉墨　香花飄落散餘春

海天　燕頷格　二唱

青天日麗饒遊客　碧海風平泛遠帆

春人　鳶肩格　三唱

戲似人生空有迹　事如春夢了無痕

金馬 蜂腰格 四唱

料峭鬱金香滿地 清和野馬影彌天
吟如萬馬聲濤壯 醉擲千金氣概雄

秋月 鶴膝格 五唱

雁聲迢遞秋雲外 梅影橫斜月夜中

年景 鳧脛格 六唱

勤研益壽延年畫 共賞良辰美景詩

時地　雁足格　七唱

長愛琴棋留客地　最憐柑酒聽鶯時

金龍　鳳頂格　一唱

金色年華心捧日　龍姿氣概志凌雲

風露　燕頷格　二唱

迎風田稻千層浪　浥露池荷萬斛珠

新舊　鳶肩格　三唱

一縷新愁腸欲斷　千回舊夢淚難休

賦就新詩酬五日　邀來舊侶過重陽

聲影　蜂腰格　四唱

鳥語蟲聲饒雅興　山光水影助吟情

犬吠雞聲迎遠客　山陰樹影憩行人

來了　鶴膝格　五唱

詩情醉意來尋夢　水色山光了此生

人生有愛來如雨　世事無常了若雲

了然　雁足格　七唱

萬縷悲愁情未了　一場舊夢景依然
夏來春去聞知了　花落鳥啼嘆浩然
飛蜂戲蝶春來了　落葉殘花景澹然

註一　知了：蟬。
註二　浩然：孟浩然。

如是　鳳頂格　一唱

如詩似畫留香澤　是夢非眞牘淚痕

艾香　燕頷格　二唱

花香鳥語教人醉　掛艾懸蒲喚客愁

班香宋艷人爭羨　煅艾焚蘭世所嘆

蘆雁　鳶肩格　三唱

楓葉蘆花吟暮景　蟲鳴雁唳賦秋聲
萬朵蘆花疑下雪　幾行雁字落平沙
穿著蘆衣憐孝子　攜來雁帛聘佳人

秋月　蜂腰格　四唱

楓葉知秋醉山嶺　蘆花篩月舞溪風
清風明月鳥鳴澗　細雨新秋菊綻籬
窗前明月愁羈客　序入殘秋憶故人

雙七　鶴膝格　五唱

堯闕昔聞雙鳳下　瀛堧曾見七鯤遊

黃芒白荻雙飛雁　綠竹青山七哲人

春日　鳧脛格　六唱

朝吟東壁迎春句　夕看西園映日圖

山中鳥雀鳴春曉　庭內林花綻日暾

寶塔歸來添日寂　和廬敘後剩春愁

註一　和廬係作者書齋名。

鄉國　雁足格　七唱

風狂雨驟懷他國　雪霽天晴歸故鄉

一片淒涼懷故國　千重忻忭晤同鄉
街頭視劇看三國　天下英才出一鄉

老瘦　鳳頂格　一唱

瘦藤纏石雲深處　老樹棲鴉日昃時
瘦馬嘶風蹴雲去　老牛濈角踏莎歸
老弱無成徒自悼　瘦孱何祜倩誰憐
老翁把酒臨風醉　瘦嫗攜琴向月彈

峰馬　燕頷格　二唱

橫峰側嶺千層翠　赤馬蒼鷹萬里奔
三峰縹緲虛無裡　一馬駸驔隱約間

鷲峰合沓凌霄立　龍馬騰驤背日飛
玉峰聳翠迎遊客　金馬森嚴駐守軍
老馬旋歸知舊路　奇峰曲折寄幽情
瘦馬長嘶馳萬里　深峰迴響震層霄

功德　鳶肩格　三唱

千秋德業歸賢聖　不朽功勞紀帝王
富貴功名身外物　文章德業道中人

旗劍　蜂腰格　四唱

鳴鼓麾旗爭戰績　揮刀舞劍看功夫
項莊舞劍難酬願　李廣搴旗易立功

春放　鶴膝格　五唱

飛花落絮春將盡　感物興懷放縱歌
細雨一犂春日晚　長江萬里放舟行
醉意良宵春夢繞　多情竟日放懷遲
紅花碧葉春風醉　雲淡風輕放浪吟

詩聖　鳧脛格　六唱

乘風暢詠皆詩意　撫景攄懷藉聖經
傳家教化崇詩禮　布政施恩賴聖賢
興漢亡秦眞聖主　吟風弄月老詩人
覽眾妙如觀聖哲　懷千古合讀詩書
梅蘭竹菊付詩卷　書畫琴棋出聖賢

送窮　雁足格　七唱

蜜意深情忙裡送　低吟曼舞思無窮
惆悵蟬聲愁裡送　低徊花影樂無窮
兩岸知音揮手送　幾番易稿嘆才窮

春風　鳳頂格　一唱

春暖花開香滿地　風調雨順兆豐年
風入平林千葉舞　春回大地百花開
春夢情深尋倩影　風和日麗照晴空

人天　鳶肩格　三唱

今年人禍多還亂　昔日天災旱且饑

地靈人傑知仁義　日久天長見性情
道通天地有形外　物是人非變幻中
只羡人間鶼鰈侶　不求天上女牛緣
三秋天罩黃花地　九日人登碧樹山
海表天涼風起浪　江心人靜月當樓
只問人間金翡翠　不知天上石麒麟

冬雪　鶴膝格　五唱

葭吹從知冬節至　梅開疑是雪花來

人日　雁足格　七唱

流觴曲水懷當日　把盞他鄉遇故人

宅港子孫懷舊日　莊家宗祖盡賢人
淡靄疏煙晴朗日　尋花問柳俏佳人
優游快樂休閒日　暢飲開懷幸福人

註一　臺南學甲宅港是先夫莊和男的故鄉。

中興　鳳頂格　一唱

興文偃武息民怨　中美和平舉世安
中秋月夜吟詩樂　興漢奎星降世來
興晨拈讀蘭亭序　中夜臨摹草聖書

詩苑　燕頷格　二唱

新詩度曲添聲色　舊苑題辭掛院牆

鑿雲 鳶肩格 三唱

千尋鑿底松如薺 萬里雲層狗幻衣

喜春 蜂腰格 四唱

小園消夏迎騷客 大地回春接竈神

草木爭春開泰運 仙禽送喜到詩家

詩白 鳧脛格 六唱

絃歌妙入蘇詩意 紵舞新翻李白愁

秋風竹影栖詩客 夏日湖光映白蓮

山澗清泉浮白石 青松瘦竹作詩題

醉後吟歌凌白雪 興來拈筆戲詩詞

客雲　雁足格　七唱

人生苦短吟騷客　世事無常似狗雲
揚帆揮手追風客　施雨無心戀岫雲
萬首新詩千里客　兩隄芳草一江雲

能爲　鳳頂格　一唱

能教弄玉吹簫樂　爲賞飛瓊起舞姿
能藉神遊中外地　爲攄心畫古今人
能自彈琴觀碧海　爲君把酒問青天
能酌一壺邀月影　爲尋三徑落花香
能耽山水欣遊旅　爲愛詩書樂唱吟
能將綠扇遮紅粉　爲啓金藤識赤心

註　一　「能將綠扇遮紅粉」，借宋詞。

魚北 燕頷格 二唱

鱒魚蓴菜入佳饌　地北天南出秀峰
沼魚競讀新晴日　驛北傷懷乍別時
亭北曉煙浮翠柳　池魚潑刺唼青萍
伯魚學禮庭趨後　甌北論詩氣勢雄
渭北江南無覓處　溪魚野鳥共忘形

仁壽 鳶肩格 三唱

今朝壽宴萃冠蓋　昔日仁風載口碑
金萱壽者承天貺　玉樹仁風頌德門
忠恕仁風師孔孟　河山壽考祝椿萱
赤子仁心懷眾庶　綵衣壽酒獻雙親
福海壽山謳大老　愛心仁術頌良醫

水樓 蜂腰格 四唱

人沿曲水通幽徑　月滿西樓望碧空

青山綠水依然在　古寺朱樓業已殘

千山萬水斜陽裏　舞榭歌樓醉夢中

浮雲細水迎春色　玉宇瓊樓隔俗塵

蒹葭秋水思良友　山月江樓照畫屏

百尺雲樓千里客　萬重煙水一扁舟

棋劍 鶴膝格 五唱

人事如同棋變化　草書要學劍功夫

一局浮生棋渡日　雙雄飛舞劍如虹

煙酒 鳧脛格 六唱

邀遊上苑坐煙翠　信宿新豐醉酒醲
心事未隨杯酒亂　夢魂空趁野煙飛
林邊雨後輕煙起　月下花前美酒醺
誰與共詩情酒意　兩相兼霧鬢煙鬟
別墅藕花舒酒意　小橋楊柳弄煙霏
深夜風寒吹酒醒　淡雲月冷弄煙微
風過古寺清煙散　月照幽亭旨酒香

落長 雁足格 七唱

飛花斷梗風中落　春草秋萍雨後長
吟風詠月花香落　夏至秋分日影長
知君別去愁中落　顧我歸來興轉長

雀啼燕舞春花落　蟬噪蜂忙夏日長
波平不覺潮聲落　日昃閒看樹影長
滿院柳楊飛絮落　一池梟鴨戲波長
燕子飛來泥影落　鶯兒別去噪聲長

進文　鳳頂格　一唱

進賢頌德恩榮在　文簡書懷情意深
文辭柱石千人傑　進德珪璋一代儒
進德修身酬壯志　文章載道賴興邦
文人振筆揚風雅　進士操刀伐宄奸
文明建國安天下　進傑徵能定海東
文壇雅會精英聚　進祿加官萬福臨

復興 燕頷格 二唱

天興鼓角聲悲壯 地復星河影動搖
晨興作畫抒情意 光復吟詩話別愁
夙興公子憐空翠 無復佳人拾落紅
恢復財經揚世界 振興民氣護臺灣
收復河山還故里 謀興國事惹新愁
旦復縈懷蝴蝶夢 夜興簡練鶺鴒書

冰雪 蜂腰格 四唱

求鯉臥冰稱大孝 囊螢映雪仰先賢
凍雨凝冰垂屋角 歌雲舞雪旋堂前
柳絮穿冰清影動 桐花作雪暗香浮
含霜弄雪愁心碎 戛玉敲冰聲韻寒

滿山白雪層雲裏　一水清冰夕照前

塵夢　鶴膝格　五唱

生涯半過塵緣渺　世事難成夢幻間
詩書滿架塵層覆　歲月無情夢裡迷
回首似雲塵業了　浮生如露夢魂殘
枯藤老樹塵中伴　秋月春花夢裏身
功成利就塵人樂　富貴榮華夢蟻求
朝煙暮雨塵容靜　夏水春山夢境長
野馬東來塵錯落　冰蟾西沒夢淒迷

來止　鳧脛格　六唱

古木蒼煙無止境　清風淡月有來時

花園淡蕩風來影　蓮沼澄清水止波

見性明心如止水　抬頭望眼覓來蹤

無可奈何鳩止渴　似曾相識燕來歸

風靜水清池止漾　山深寺古客來稀

雨霽風恬花止落　秋寒歲晚雁來歸

三更暴雨還來襲　半夜狂風未止颸

峻嶺高山人止步　茂林脩竹客來稠

草魚　雁足格　七唱

暑氣炎風無野草　天寒地凍少溪魚

荷花池畔王孫草　楊柳湖邊皇帝魚

愴懷枯葉兼衰草　喜畫桃花與鱖魚
人生恰似浮萍草　命運眞同涸轍魚
廢苑人稀生野草　餐廳客嗜煮鮮魚
離離原上並頭草　漠漠江中比目魚

晚閒　鳳頂格　一唱

閒尋芳草忘暉落　晚倚修篁待月昇
閒看白雲歸岫去　晚迎明月上樓來
晚飄疎雨興詩意　閒坐斜陽添畫情
晚年悵惘生何世　閒夜淒涼憶所天
閒憩禪房聽經誦　晚遊燈市得詩回
閒居夢寐青春伴　晚境心情白髮知
閒遊行到水窮處　晚步欣逢雨歇時

晚送飛鴻懷叔夜　閒尋修竹憶徽之

燈影　燕領格　二唱

孤影臨風腸欲斷　寒燈照雨淚難休
倒影飛虹橫碧水　挑燈畫菊度黃昏
月影星光多美夢　江燈漁火對愁眠
弔影空閨心搗碎　寒燈夜雨淚縱橫
花燈斜照春風裡　葉影參差秋雨中
漁燈明滅荒濤靜　山影陰晴罨畫生
佛燈不滅照黎庶　蟾影無聲上砌階
塔燈隱約舟如葉　杯影依稀弓幻蛇

紅豆　鳶肩格　三唱

春風豆蔻抽新綠　夜雨紅花減艷香
瓜藤豆架依然在　青靄紅霞不復生
綠茶紅酒脾腸潤　青菜豆羹齒舌香
詩吟豆蔻檀郎渺　畫染紅蕉浪蝶穿
羊角豆纏松葉樹　雁來紅伴菊花叢
梢頭豆莢知秋盡　牆角紅梅蕩客情
一片豆棚維也戀　滿山紅葉牧之狂
漢堡豆漿宜解口　杏仁紅棗善維生
橋下紅魚似相識　枝頭豆蔻最關情
棚架豆苗迎鳳蝶　荷塘紅粉羨鴛鴦

去行 蜂腰格 四唱

小路南行隨地轉 大江東去接天流
知君此去無還日 賤妾隨行伴所天
英雄逝去功名盡 淨業修行富貴空
獨自西行千疊水 伴君東去萬重山
暮春已去傷悲在 仲夏之行興致深
蘭州此去覺疲累 梅嶺之行樂忘歸
駕鶴獨行返天上 鼎龍一去別人間
年華老去聯歡少 書海航行獨樂多

歲身 鶴膝格 五唱

移居海角身偏適 行到天涯歲已除
蒼顏華髮身猶健 白露黃花歲不凋

鴻圖未展身先死　艾草雖凋歲後生
范蠡功成身隱遯　劉玄祚踐歲淪亡
人生有命身心苦　世事無情歲月移
開樽共喜身強健　爆竹還驚歲已新

註一「開樽共喜身強健」，借米芾句。

邊府　鳧脛格　六唱

將士中興開府慶　芙蓉小苑入邊愁
細雨清秋仙府客　涼風仲夏水邊人
眾扈明皇天府去　獨憐幽草澗邊生
採回庭北籬邊菊　傳唱江南樂府詩
四方霧縠湖邊合　一柱清香洞府開
快樂身無官府事　平安心有枕邊人

杖藜繚繞湖邊路　橐筆閒過幕府樓
巖扉石室林邊冷　霧窟雲坳洞府寒

春夜　雁足格　七唱

敲鑼打鼓喧囂夜　細雨斜風料峭春
蒹葭水暗螢知夜　�竹風高燕送春
風雲變色颱侵夜　花木揚芬斗建春
一刻千金花燭夜　三光五彩玉樓春
桂香清露長生夜　鶴髮童顏不老春
狂風暴雨難消夜　流水落花送卻春

註　一　長生，殿名。

劍年　鳳頂格　一唱

年豐歲暮康衢唱　劍影簫聲吳市傳

劍膽詩心眞俠士　年高德劭是仁人

年華付與春婆夢　劍術難期易水寒

年逢登第千杯醉　劍佩乘槎萬里遊

年顏反映菱花裡　劍膽輪囷竹葉中

劍舞席前星斗動　年豐祭後鼓簫闐

註一　菱花：鏡。

註二　竹葉：酒。

旗鼓　燕頷格　二唱

雲旗蔽日龍蛇動　雷鼓喧天將士催

龍旗十萬橫江起　雷鼓三更破敵歸

軍鼓頻敲揚士氣　國旗舒捲翕民心

鎗旗半吐飄香遠　花鼓三撾播韻遙

羯鼓中宵胡地響　虎旗元旦漢天飄

簫鼓悲涼驚客夢　旂旗搖曳惹人愁

笳鼓震天傳兩岸　旆旗動地舞三軍

收旗解甲歸鄉里　擊鼓鳴金震朔方

大風　鳶肩格　三唱

日曜風和楊柳綠　春回大地杏桃紅

赤壁風流千載事　藍軍大振一團心

水落風鈴花弄影　秋回大地梗無蹤

東山風月歡情在　北海大年意願空

生前大貴心無數　死後風評志獨清

格蘭大道千人聚　打狗風光萬里傳
八方大澤魚龍寂　四野風聲鳥雀藏
律回大地來春色　秋到風霜映月光
漢文大德垂青史　魏武風徽耀錦箋

註一　東山：謝安。
註二　北海：孔融。
註三　打狗：高雄舊名。

小明　蜂腰格　四唱

畫室窗明松影瘦　池花葉小柳絲長
夜靜月明人影寂　雲開風小雁聲孤
炊煙雨小空山靜　落月燈明虛谷寒
雲淨月明新雨後　日斜風小晚煙升

我愛淵明隨處樂　人欽蘇小擅風流
和廬室小琴書滿　超市燈明人物稠
朱紅筆小批功課　黑白分明下局棋
新月微明富詩意　古壺雖小聚茶香
心地澄明似碧水　人生渺小若微塵
古渡月明聽漁唱　荒山城小遶樵歌

南夜　鶴膝格　五唱

古道斜陽南返客　小橋流水夜歸人
日暖風微南陌上　雲開雨霽夜窗幽
風搖柳絮南湖濶　月滿西樓夜影明
月明烏鵲南飛影　雨驟梧桐夜滴聲
五更殘月南歸夢　一盞明燈夜讀書

茅簷竹屋南風爽　衾枕窗櫺夜月愁

山後煙雲南寺渺　床前明月夜窗虛

酩酊狂吟南浦外　婆娑起舞夜庭中

詩聖　鳧脛格　六唱

入禮堂瞻先聖哲　登樓臺詠古詩詞

良辰簪盍饒詩客　勝會觴飛中聖人

千秋名姓歸詩客　一代江山出聖君

莫漫成功忘聖訓　惟將粉壁把詩題

花前日日添詩句　月下時時讀聖書

否極泰來昭聖代　晨鐘暮鼓醒詩人

蠻夷底處尋詩友　華夏何時出聖人

孝子忠臣逢聖世　懷珠握瑾作詩人

陶潛三徑菊詩詠　張旭千秋草聖傳

註　一　「中聖」酒清為中聖。李白詩：「醉月頻中聖。」

中國　雁足格　七唱

千年華夏風騷國　萬里江山水墨中
一片丹心懷故國　千秋碧血尚凝中
處事有方能治國　深謀遠慮可興中
智勇雙全當報國　功名一世在興中
明主訪賢遍全國　昏君親小定亡中
武將文官槐樹國　春風化雨杏壇中
梵唱唄音千佛國　鐘聲缽韻萬人中
主賢將勇天安國　馬去羊來斗轉中

荷竹　鳳頂格　一唱

竹徑松林山色潤　荷塘柳塢鳥聲清
竹內日高飛蛺蝶　荷中水澈戲鴛鴦
竹院風清宜把酒　荷塘月朗好題襟
竹林人去詩猶在　荷芰風來句亦香
荷沼澄清魚讀月　竹圍冷翠客尋詩
竹葉雨湔如玉潤　荷花露點似珠圓
竹屋松邊留客處　荷池柳畔狎鷗時
荷蕊風來香氣遠　竹梢日過翠陰移
荷散清香池上靜　竹含疎韻枕邊聞
荷雨跳珠搖翠蓋　竹風戛玉扇清音

泉石 燕頷格 二唱

林泉鳥獸驚殘夢 瘦石蒼松寫晚春
飛泉瀉地千堆雪 亂石崩雲萬壑雷
青泉綠柳通雲徑 白石黃花傍雪階
雲泉竹徑風聲軟 漱石枕流日影遲
峭石浮雲三百尺 寒泉飛雨萬千絲
翠石伴林山寂寂 清泉接岸水悠悠
黛石清溪傍花塢 碧泉幽谷有人家
溪石苔痕留轍跡 山泉梅影上窗紗
貪泉飲了貪無厭 白石堅而白不緇
玉泉詩社傳全國 金石交情契兩心

煙湖　鳶肩格　三唱

一簾煙雨琴書潤　十里湖光水殿清
綠水煙雲聞鳥唱　清山湖月聽蟲鳴
衡嶽煙霏迷遠樹　洞庭湖畔聳奇峰
柳含煙靄風聲遠　竹蘸湖潭月色深
殘霞煙霧遮筠翠　倒影湖山見水清
明月湖林禽遶噪　晚風煙雨客歸迷
山明湖淨懷彭澤　風月煙花憶廣陵
萬疊煙雲春意遠　千層湖水月華明
仲夏煙江呈紫翠　九秋湖石寫丹青
兩岸煙嵐新雨後　一舟湖景夕陽時

花葉　蜂腰格　四唱

中庭桂葉清風裡　上苑茶花細雨中
萬朶白花開路側　千株紅葉醉山隈
日昇竹葉晞朝露　風動荷花送晚香
拾來蕉葉題詩句　折取桂花釀酒香
池上蓮花舒冷艷　亭前柳葉漫浮煙
芳園玉葉枝枝秀　古寺金花朶朶開
秋高楓葉千山醉　春暖杏花十里紅
丹楓戰葉隨風落　黃菊殘花映月寒
樹梢杏葉空餘綠　牆角梅花數點紅
九嶷松葉千年綠　三徑菊花萬點黃

復興　鶴膝格　五唱

鯤疆大廈興洋式　馬褂長袍復古風
落成學府興新意　建築祠堂復舊觀
觀賞鳥花復吟詠　留連山水興高昂
壯士胸懷興漢室　英雄夢寐復河山
把酒高歌復惆悵　吟詩作畫興深濃
莫論今古興亡事　卜得家邦復剝爻
朝暮書畫興題字　夜誦心經復論禪
無奈狂風興大浪　不渝壯志復中華
篆隸縱横興變化　蔓藤高下復參差
攀花折草興微趣　廢宅荒園復舊觀

舟劍　鳧脛格　六唱

青山碧水千舟渡　春月秋風一劍橫
昨日故人攜劍去　秋風遊子駕舟歸
萬丈光芒揮劍際　一江春浪醉舟中
鐵笛夜吹金劍吼　金波月湧畫舟橫
白髮吟秋書劍老　金烏破曙釣舟歸
憶昔光芒揮劍器　撫今汗漫駕舟車
萬家燈火千舟逝　一將心情獨劍知
舶趠風前蒲劍舞　荷塘香裏桂舟還
展墓徐君龍劍掛　乘濤謝客鷁舟航

註一　「鐵笛夜吹金劍吼」，借宋詞。

歲春　雁足格　七唱

吟詩作畫迎新歲　飲酒謳歌送晚春
蟠桃賀壽三千歲　鐵樹開花百二春
落葉枯枝辭舊歲　千紅萬紫鬧新春
三冬松樹後凋歲　二月桃花獨占春
打鼓敲鑼齊賀歲　送神祭竈眾迎春
蘆白楓丹爭送歲　桃紅櫻紫競迎春
送臘圍爐齊守歲　張燈結綵共迎春
自是澗松凋晚歲　等閒野草迓新春
循俗辛盤聊獻歲　向陽花木早逢春
塡詞度曲千秋歲　祝壽爭謳百歲春

風月　鳳頂格　一唱

月朗雲清花影碎　風平樹靜鳥聲喧
月滿西樓迷遠樹　風吹北院落飛花
風引蘭香來畫室　月移竹影上瑤階
月斜竹樹移疏影　風動梅花送暗香
風生天末懷遊子　月落江頭憶寓公
風傳笳吹胡氛散　月下梅開春氣來
月下清音聞鳳噦　風中寒影見猿啼
風和日暖春來早　月落星稀夜已殘
風樹飄搖雲樹暗　月華澄淡露華濃
風動波翻花蘸水　月明堤靜柳含煙

註　一　「月華澄淡露華濃」，借宋詞

人贈　燕頷格　二唱

爲人題句冥搜苦　欲贈新詩斟酌難
折贈一枝香賀喜　與人千品色迎春
客贈盤中題麗句　騷人筆底有功夫
妾贈荷香消暑氣　良人蒲扇化春風
我贈寶刀呈舊雨　誰人彩筆賦新詩
癡人白日空云夢　誰贈玄天一朵梅
故人一首相思曲　似贈千言無限情
誰人泛海歸帆去　友贈新詩託雁來
佳人龍馭無還日　儂贈魚書會有時
獲贈騷章喜望外　伴人茗座笑談中
遙贈鵝毛雖薄物　伊人雁帛有餘情
良人知我詩吟苦　珍贈箴言意味長

紅黑 鳶肩格 三唱

蒼煙黑霧三千里 綠傘紅旗十萬家
綠葉紅苞迎曉露 黃粱黑黍浸清寒
黃菊紅蕉留畫作 白山黑水寄詩吟
顛倒紅青昏客眼 縱橫黑白亂人心
白羊黑馬翻山谷 翠柳紅花傍水隈
清風黑水回三夏 丹桂紅楓燦九秋
洗硯黑煙浮水面 攀花紅葉落牆頭
混混紅天震雷雨 滔滔黑水瀉崑崙
帆隻紅黃衝駭浪 鷗群黑白戲狂濤
佳作紅衣頭亦點 亂邦黑幕足難留

字花　蜂腰格　四唱

艷麗群花如醉露　樸宣廿字讀歌風
把酒看花邀倩女　覆杯猜字問檀郎
六夏荷花亭碧沼　一行雁字入晴空
古碑篆字風中剝　籬菊巖花筆下生
蠅頭小字行行健　佛手中花朵朵開
一徑櫻花蝴蝶舞　幾行蝸字女牆生
庭院落花春欲盡　碑林殘字景依存
指顧百花隨雨落　伊誰一字得風流
富貴百花迎福壽　平安兩字慰親朋
培土種花迎盛夏　摩崖刻字頌中興

尋念　鶴膝格　五唱

同甘共苦尋常事　生死別離念故人
憶昔漁人尋勝景　撫今墨客念詩鈔
悟醒夢華尋樂事　浮生醉墨念悠閑
三冬風雪尋詩去　萬里江山念舊遊
縈水繚雲尋古蹟　狂風驟雨念危樓
茶餘無事尋詩句　枕上難眠念梓鄉
夕望碑林尋舊路　朝聞風雨念新亭
映階碧草尋春色　照紙黃庭念燭光
日暖波浮尋浴鷺　風微浪靜念橫舟
一杯助我尋新句　無士如君念舊情

光復　鳧脛格　六唱

神龍隱現靈光耀　池鯉穿梭去復來
茂林脩竹春光渡　紫燕黃鶯舞復吟
舊苑重遊今復到　新荷捲曲曉光斜
姑蘇城外春光老　桐柏山頭往復回
紙醉金迷難復悟　粗茶淡飯度光陰
鳥語花香春復夏　崇山峻嶺月光寒
矞雲西至祥光起　紫氣東來滅復明
人世浮名空復影　葡萄美酒夜光杯
草山楊柳春光暖　蘇澳漁舟待復航
風平浪靜湖光麗　萬水千山蜿復蟠

春風 鳳頂格 一唱

春暖花開香滿地 風調雨順兆豐年

風入平林千柳舞 春回大地百花開

春夢情深尋倩影 風和日麗照晴空

春雨 鳧脛格 六唱

千山萬水迎春色 一夜無眠聽雨聲

百花綻放新春至 雙燕飛來細雨中

九日閒來觀雨景 元宵聊去看春燈

翠竹吟風逢雨霽 紅花弄日醉春光

小院徘徊霑雨露 高樓徙倚望春風

詩友　雁足格　七唱

直諒多聞三益友　寡情少見百篇詩

一樽遙對金蘭友　千古長懷寶劍詩

狂歌熱舞迎來友　觸景傷情送別詩

叔世何方尋益友　臨江橫槊賦新詩

腸斷庭堅懷石友　淚崩黛玉葬花詩

得句微吟金石友　題聯援引玉谿詩

柳影鶯聲來覓友　清風明月去尋詩

空心竹節眞良友　無縫天衣是好詩

一別經年懷老友　又逢清景寫新詩

大觀　鳳頂格　一唱

大智若愚知守拙　觀書臨帖樂無窮

大學中庸修國治　觀天鑑地悟人生
大醉高吟三十首　觀摩簡練百千回
觀鴨便知春水暖　大鵬泛納夏風涼
大畫無過吳道子　觀書獨仰衛夫人
觀海盪胸難謂水　大山散櫟本非材
觀物漸知時勢變　大樓不歇管絃聲
觀水東流天滉漾　大風西起地浮沉
觀看楊柳春心蕩　大悟柏松冬志堅
大地落紅初過雨　觀山濃綠未成秋

註一「大鵬」，廣東海灣名。

肉衣　燕頷格　二唱

擅肉酪漿解饑渴　布衣粗食度殘年

蟹肉魚蝦醉賓主　斑衣綵舞壽椿萱

烤肉泡茶酬節慶　典衣沽酒過殘春

荷衣蕙帶懷高士　豆肉盤蔬勝太牢

骨肉團圓闔家樂　豐衣足食太平年

臘肉竿懸香自溢　蓑衣牆掛氣猶濃

烏衣第宅餘灰燼　赤肉羹湯飽老饕

魚肉佳餚君意滿　惡衣菲食我心安

鐵衣戰馬從軍去　菜肉香賓迓客來

錦衣玉食誇天下　塊肉餘生譽世間

註一「香賓」，酒名。

註二「塊肉餘生」小說名，英國迭更司著。

文士 鳳頂格 一唱

士女工詩昭奕葉 文人下筆忽生花
士林爭賀榮三桂 文藻咸驚冠七鯤
文章褒貶智仁異 士論是非彼此同
士農工賈皆新主 文武衣冠異昔時
士韜氣節天方蹶 文采風流今尚存

註一 「文武衣冠異昔時」，借杜句。
註二 天方蹶：天也顛倒失常。語出《詩・大雅・生民之什》。

海天 梟脛格 六唱

明月高升青海上 浮雲散盡碧天低
千山競聳凌天際 萬壑爭流入海中
新聞節目全天播 古典詩刊四海揚

俯瞰波瀾知海闊　仰觀日月識天高
臥遊草地觀天象　徙倚岑樓望海潮

顯悲　鳶肩格　三唱

榮枯顯晦一生事　離合悲歡百首詩
滿耳悲歌聞易水　一生顯赫出東山
一門顯德人爭羨　百歲悲歡我自知
離合悲歡歌水調　功名顯達憶淳于
一曲悲歌聽不厭　半生顯達興無窮
忠貞顯露隆中對　慷慨悲吟垓下歌
蒿目悲觀天道喪　灰心顯現世風微
浮生顯晦誰能免　塵世悲歡孰可逃
宦途顯晦菊松在　人事悲涼猿鶴啼

日日悲觀人不古　年年顯現國長興

註一「一生顯赫出東山」，指謝安。

粉絲　蜂腰格　四唱

細雨如絲春草長　和風弄粉夏蜂忙
風多花粉飄苔徑　雨歇蛛絲滿樹梢
微雨牽絲芳草地　殘花落粉夕陽天
萬縷千絲若波浪　輕風細粉似雲煙
剝繭抽絲俱細膩　調朱弄粉總無心
青娥紅粉殊嬌態　馬跡蜘絲待究尋
擦脂抹粉取君悅　豪竹哀絲博眾歡
月斜梅粉生春色　風弄柳絲動紫煙
前院柳絲飛絮少　後宮紅粉皺眉多

無限散絲甫晴霽　不教傅粉自風流

臺北　燕頷格　二唱

岸北停舟數公子　樓臺賞月幾佳人
塞北霜天林落盡　瀛臺清帝淚流滋
江北飛花添悵惋　亭臺明月共嬋娟
舍北紫藤緣垝掛　石臺綠柳傍池生
池臺水暖魚兒出　村北風微燕子斜

結語

習畫期間，恩師臺藝大教授涂璨琳老師一再勉勵我們除了畫畫技巧學習之外，要我們多練字和習作詩詞，增進個人學養內涵，同時介紹《詩的作法與欣賞》和《娉花媚竹館宋詞集聯》二書，余當時一直當作閱讀打發時間，沒有眞正用心習作。直到外子莊和男先生個展和住院時，那份情感深深觸動我的心，爲了守護著他，我無法安心寫字畫畫情況下，只能寄情詩詞，這是我對詩詞的初探。隨後，因中華民國書法教育學會與景伊文教基金會辦學術研討會，以師大林尹教授詩詞爲現場揮毫題材，因工作關係獲贈書——林尹著作《景伊詩鈔》，頓然領悟涂老師說：「詩、書、畫一體的境界才是最高的追求目標。」也萌起習作的念頭。

因緣際會，承蒙 大漢詩詞研究社楊蓁創社社長、耿培生社長提攜與鼓勵，介紹當今碩儒楊君潛老師，恩師飽學書詩經典，著作、獲獎殊多，不嫌棄毫無基礎的我，收爲門生，循序漸進指導我，楊老師一再敦勉我要用「心」、用「情」去寫

詩，並再三思考、推敲、審視之。初學時悲情流露字行間，老師要我多看書，轉化情緒，學習用典故、奪胎換骨等方法，承蒙老師贈送《柳園詩話》、《讀書絕句三百首》等書研讀，習作期間，受益匪淺，因而曾經榮幸獲獎。

民國一〇〇年十月一日外子莊和男先生，一〇三年九月五日家嚴林仁先生相繼隨菩薩修行去，這一生我最愛的兩個男人離我而去，深受打擊，悲痛之餘，我曾將自己關在小天地裡，不知所措。中國書法學會謝季芸理事長和中華民國書法教育學會黃金順常務理事分別講了比我的情境更悲苦的故事來勉勵我，要我站起來重新出發。我好努力想著自己的未來，卻一直找不到方向。適時，漢字研討會及學術研討會上數面之緣師大黃智陽教授在臉書上留言勉勵我。四年期間，師長、海內外書畫界朋友、親友、學生、我的弟弟、妹妹、孩子和孫子們分別以不同方式關懷我，鼓勵我，陪伴我。感激之情與恩，銘記在心。謝謝大家。

感謝指導老師楊君潛先生惠予贈序、題聯，並再三審稿、指導。促成《岫安吟稿第一集》順利出版。

感謝林隆達教授和師母一再鼓勵與關懷，並為《岫安吟稿第一集》惠題封面。

感謝大漢詩詞研究社創社社長楊蓁、社長耿培生暨中華大漢書藝協會理事長陳克謙等諸耆宿惠予題辭。

感謝師大暨華梵大學黃智陽教授題辭勉勵。

感謝中華民國書法教育學會陳國福理事長題辭勉勵。

感謝中華民國書學會羅順隆理事長題辭勉勵。

感謝劉緯世宿老贈我《湘賢楹聯集粹》一書。

感謝耿培生社長贈我《學詩入門》一書，啓蒙學詩作法。

感謝中華民國書法教育學會前任理事長暨書法教育月刊社長蔡明讚（字適評）老師於先夫莊和男先生個展時爲他題詩添光彩。

感謝涂璨琳老師和師母給與勉勵與關懷，且希望我不要放棄已學的詩書畫。

感謝韓國李壽德博士贈《正祖宣皇帝御製詩文選》一書。

感謝香港厲復友總裁贈我《厲復友詩集——如夢令》一書。

感謝明道大學陳維德教授介紹淡江大學王甦教授，王甦教授特贈我《聯術探微》和《嵌字聯存》二書，對我在詩鐘習作上幫助良多。更感謝他的贈詩與題聯。

感謝漢字節學術研討會上淡江大學崔成宗教授贈我《宋代詩話論詩研究》和《書畫藝術與生活空間》。

感謝陳陽春教授勉勵我要珍惜自己，把握人生。及惠贈題辭。

感謝李沃源老師和師母不斷推薦我參加兩岸交流展覽與公益活動。及惠贈題辭。

感謝香港摯友，兩岸四地交流協會郭嘉主席、惠風書畫會陳更新伉儷、廖鳳嬙副會長惠贈題辭及李義源校長、麥錦超老師關懷。

感謝林瑞華老師、秦淑溪老師率開平合唱團爲先夫莊和男先生追思、獻唱。

要感謝的貴人很多，倘有疏忽之處，懇請見諒。如今，就讓這些詩書畫伴我終生。逢仙夫逝世四周年前夕，奉　家慈林葉秋哲女士囑諭，將已完成習作詩百首，詩鐘五百副，聯語三十對，裒成一集，付諸剞劂，分享親友，感謝諸位先進關懷並祈不吝賜教。

乙未九九重陽前夕

林雲英　於臺北岫安齋

生活文化叢書・詩文叢集　1301025

岫安吟稿　第一集

作　　者　林雲英
責任編輯　蔡雅如

發 行 人　陳滿銘
總 經 理　梁錦興
總 編 輯　陳滿銘
副總編輯　張晏瑞
編 輯 所　萬卷樓圖書股份有限公司
排　　版　游淑萍
印　　刷　維中科技股份有限公司
封面設計　維中科技股份有限公司

發　　行　萬卷樓圖書股份有限公司
臺北市羅斯福路二段 41 號 6 樓之 3
電話　(02)23216565
傳真　(02)23218698
電郵　SERVICE@WANJUAN.COM.TW
大陸經銷　廈門外圖臺灣書店有限公司
電郵　JKB188@188.COM

ISBN 978-957-739-978-6
2016 年 4 月初版二刷
2015 年 12 月初版
定價：新臺幣 240 元

如何購買本書：
1. 劃撥購書，請透過以下郵政劃撥帳號：
帳號：15624015
戶名：萬卷樓圖書股份有限公司
2. 轉帳購書，請透過以下帳戶
合作金庫銀行　古亭分行
戶名：萬卷樓圖書股份有限公司
帳號：0877717092596
3. 網路購書，請透過萬卷樓網站
網址　WWW.WANJUAN.COM.TW
大量購書，請直接聯繫我們，將有專人為您服務。客服：(02)23216565　分機 10

如有缺頁、破損或裝訂錯誤，請寄回更換

國家圖書館出版品預行編目資料

岫安吟稿. 第一集 / 林雲英作. -- 初版. -- 臺北市 : 萬卷樓, 2015.12
面 ;　公分
ISBN 978-957-739-978-6(線裝)

851.486　　104025562

ISBN 978-957-739-978-6
1301025　定價 240元